Hasta la vista, cocodrilo

 El diario de Alexa

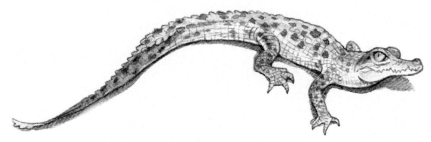

por Dr. Brady Barr y Jennifer Keats Curtis

ilustrado por Susan Detwiler
con fotografía por Brady Barr,
Jessica Rosnick, y Mario Aldecoa

Este libro es una representación ficticia de un programa real que le permitió a los niños de la escuela en Costa Rica criar cocodrilos americanos en sus aulas como parte de un proyecto de conservación y educación desarrollado para estudiantes en escuelas primarias rurales que vivían cerca de ríos con un gran potencial de interacción con los cocodrilos.

5 de abril

Desde su pequeña alberca, Jefe me mira. Lo llamé "Jefe" porque parece que está a cargo de los otros.

Mi pequeño cocodrilo me mira fijamente. Abre su hocico. *"Gua. Gua. Gua"*. Mira alrededor y hace un sonido como un bebé dinosaurio.

Cuidándome de sus filosos dientes, dejo caer un pedazo de pollo. Rápidamente, Jefe se avalanza sobre él. Mi pequeño hambriento reptil se come la carne, tragándosela toda entera.

"Muy bien", le susurro a mi cocodrilo.

el área
cubierta
donde vamos
al recreo
cuando llueve

nuestra
escuela

nuestro patio
posterior

nuestro jardín

Cocodrilo Americano (bebé)

Caimán de anteojos

Cocodrilo Americano

Caimán de anteojos

9 de abril

No puedo esperar para ver a Jefe. Atrapé a una ranita para él. En la vida salvaje, él y los otros críos también estarían comiendo insectos y pequeños peces.

En nuestra escuela en Costa Rica, somos muy afortunados por criar cocodrilos Americanos. Aquí, existen dos clases de cocodrilos: el cocodrilo americano y el pequeño caimán de anteojos. El caimán obtiene su nombre porque parece que tiene gafas o lentes. A diferencia del caimán, el cocodrilo es una especie en peligro de extinción. Nosotros los estamos protegiendo. De ese modo, tenemos la esperanza de que no desaparecerán como los dinosaurios.

11 de abril

En la estación seca, el Dr. Brady Barr y otro científico montaron caballos dentro del pantano a lo largo del río para buscar huevos.

Los cocodrilos ponen sus huevos en la arena cerca del agua, pero no muy cerca o se inundarían. Los caimanes construyen nidos en forma de montañas. Esos son muy fáciles de encontrar. Los cocodrilos cavan hoyos en la arena, no es algo muy fácil de encontrar. En el pantano, el Dr. Barr encontró un nido con 50 huevos. Sólo se llevó 12, uno para cada uno de nosotros. Dejó el resto de los huevos a la mamá cocodrilo.

Él los cubrió muy cuidadosamente con tierra húmeda y los puso en una caja de madera para que los pudiera traer a la escuela. Nosotros los pusimos adentro de las incubadoras que construímos con cajas y focos. Las incubadoras ayudaron a mantenerlos calientitos y a salvo.

nido de cocodrilo

nido de caimán

Los huevos de los cocodrilos son blancos y brillosos. Miden 8 cm (3 pulgadas) de largo.

¡Esperamos 78 días para que nuestros bebés salieran del cascarón! Ahora, el Dr. Barr y los guardabosques nos están enseñando acerca de los cocodrilos y cómo compartir de una manera sana el agua y la tierra firme con ellos. Yo estoy muy contenta de haberle dado una gran ventaja a mi cocodrilo. Cuidaré a Jefe hasta que pueda ser dejado en libertad en su río.

18 de abril

Algunas personas piensan que los cocodrilos son monstruos. Yo sé que eso no es verdad. No a todos les gustan los cocodrilos pero nosotros los necesitamos. Son especies clave. En una construcción, una piedra clave es una piedra grande, importante que asegura a todas las otras piedras en su lugar. Si tu quitas esa piedra clave, toda la construcción se caería. Los cocodrilos son una especie clave. Ellos ayudan a sostener a las otras especies vivientes en nuestro ecosistema. Los cocodrilos cavan madrigueras para escapar del calor. Otros animales, como las tortugas, comparten algunas veces esos hoyos debajo de la tierra. Los cocodrilos pequeños son la comida para otros muchos animales. Cuando crecen, los cocodrilos ayudan a que otros animales no se incrementen en número, comiéndose algunos de ellos.

la piedra clave
en un arco de
un edificio

26 de abril

Los cocodrilos pueden hacer más ruidos que ningún otro reptil. Jefe es ruidoso. Cierra su hocico y gruñe. Dice *"gua, gua, gua"* cuando está asustado. Algunas veces, pía. Cuando empiece a crecer más, Jefe aprenderá a rugir, sisear y bramar. Algunos cocodrilos suenan como motocicletas.

nariz

comienzo de la cola

cola

1ero. de mayo

¡Jefe está creciendo muy rápido! Hoy, mi cocodrilo midió 45cm. (17.7 pulgadas) desde su naríz hasta el principio de la cola y 22 cm. (8.7 pulgadas) de ahí, al final de la cola. Tomamos dos medidas para que sepamos qué tan largos están nuestros cocodrilos con sus colas y sin ellas. Algunas veces, aves hambrientas, peces, y víboras se comen las colas de los cocodrilos. A diferencia de muchas lagartijas, sus colas no les vuelven a salir.

Yo pienso acerca de los cocodrilos en la vida salvaje. Jefe tiene una mejor oportunidad de sobrevivir porque yo lo cuido bien. En los pantanos, los huevos de cocodrilos pueden estar tan mojados por una inundación que los críos nunca salen de ellos. A los mapaches, las lagartijas, y las zarigüeyas les gusta comer huevos de cocodrilos y sus bebés.

25 de mayo

Hoy, Jefe midió 50cm. (19.7 pulgadas) desde su naríz al principio de la cola y 25cm. (9.8 pulgadas) de ahí, al final de la cola. Yo le doy de comer insectos y le sigo dando pollo, pero también trato de darle de comer lo que comería en la vida salvaje.

Es muy difícil de creer que Jefe sólo era tan grande como una barra de chocolate cuando salió de su cascarón por primera vez. Estoy muy contenta de haber escuchado su chillido "*gua, gua, gua*" cuando era tiempo de salir de él. Ya que su mami no estaba ahí para sacarlo del nido y muy cuidadosamente abrir su huevo con sus quijadas, él utilizó el diente de huevo que tiene sobre su hocico para salirse.

3 de junio

Le tomé a Jefe una fotografía de sus patas palmeadas. Tiene cinco dedos en sus pies delanteros pero sólo cuatro dedos en las patas traseras. Antes de que lo soltemos, le pondremos una placa de identificación. Una pequeña placa se le colocará entre sus dedos palmeados de su pata trasera. Esa placa significa que los científicos pueden identificar a Jefe. Si es recapturado, pueden determinar cuánto ha crecido.

9 de junio

Está haciendo calor y Jefe se mueve mucho por todos lados. Él es de sangre fría. Para calentarse, se echa al sol. ¡Cuanto más caliente está, más se mueve alrededor! Para enfriarse, Jefe se mete al agua o se echa en la sombra o abre su hocico.

13 de junio

En unos cuantos días, será la hora para que Jefe se regrese a su río. Él está tan grande como una barra de pan y está listo para cuidarse por sí mismo. Lo extrañaré.

17 de junio

Hoy, Jefe se va a casa. Lo cargo muy cuidadosamente hacia el río, sosteniéndolo por el cuello y justo detrás de sus patas traseras. Lo coloco abajo gentilmente sobre la tierra. Con un movimiento de lado a lado, rápidamente se desliza panza abajo hacia el agua. Se voltea, como si me mirara, y entonces hace un ruido. Yo lo habré cuidado pero Jefe me recuerda por última vez: él es definitivamente el jefe.

Adiós, Jefe.

Para las mentes creativas

¿Coco-qué?

Los cocodrilos, lagartos y caimanes pertenecen a la familia crocodilios. Crocodilio significa diferentes tipos de reptiles arcosaurios y pertenecen a tres grupos, llamados familias. Las familias crocodilios se conforman de diferentes especies, así como las familias humanas se conforman de diferentes personas. Existen 24 especies de crocodilios en total.

Las familias de crocodilios son:

Alligatoridae
todos los lagartos y los caimanes
8 especies

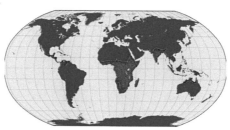
Crocodylidae
los verdaderos cocodrilos
15 especies

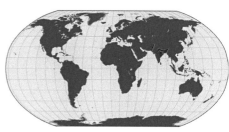
Gavialidae
gavial de Ganges
1 especie

¿Cómo puedes distinguir las familias una de otra? Compara sus narices y sus dientes.

Hocicos

Los lagartos y los caimanes tienen hocicos redondos, como el pico de un pato. Este hocico permite al lagarto atrapar y sostener animales grandes y fuertes. Un cocodrilo tiene un hocico estrecho, y una naríz puntiaguda. ¡Así es como puedes distinguir uno del otro! El hocico estrecho del cocodrilo está diseñado para moverse de lado a lado en el agua para atrapar y comer peces. El hocico más largo y estrecho de todos le pertenece al gavial de la India. *Si tú fueras un cocodrilo, ¿a qué familia pertenecerías?* *¿Tienes una naríz puntiaguda o una naríz redonda?*

Los dientes

También puedes distinguir a los lagartos de los cocodrilos mirando sus dientes. Cuando los hocicos de los lagartos están cerrados, únicamente se les ven sus dientes superiores. Cuando los hocicos de los cocodrilos están cerrados, se les ven sus dientes superiores e inferiores, y muchos de ellos. Si es un lagarto o un cocodrilo, esos dientes están sujetos a las quijadas más poderosas del planeta. Tú puedes hacer una combinación de unos dientes filosos como de aguja con unas mandíbulas fuertes y puedes tener algo como una trampa para osos. ¡Uf, no quieres estar atrapado en eso!

Los dientes

Si es que tienen un hocico estrecho o ancho, la parte más importante en la familia de los crocodilios son ¡sus dientes! Ellos necesitan sus dientes para atrapar la comida. Son tan importantes que se remplazan constantemente para que esos animales nunca estén sin un juego de nuevos y filosos dientes.

Los tiburones están constantemente remplazando sus dientes. Filas de nuevos dientes siempre se mueven hacia delante. Los dientes de los cocodrilos no salen así. Los dientes nuevos de los cocodrilos brotan debajo de los dientes viejos. Sus dientes son huecos. Se apilan uno debajo de otro, como si tú apilaras vasos de plástico uno encima de otro. Esos dientes son huecos pero no te confundas. Son fuertes y filosos como una aguja. No están diseñados para masticar, como tus dientes, pero para sujetar algo con fuerza. Los cocodrilos no mastican su comida. Se la tragan toda entera o la desgarran en pedazos que pueden tragar.

Existen grandes diferencias entre tus dientes y los dientes de la familia de los crododilios. Tú tienes únicamente dos juegos de dientes (los de leche y los de adulto). Los cocodrilos van a tener cientos de dientes durante toda su vida. También, tus dientes están diseñados para masticar. Los dientes de arriba coinciden con los dientes de abajo. Los dientes de estos animales no coinciden, se alternan los de arriba, luego los de abajo, arriba, abajo y así. También son filosos como una aguja, diseñados para sujetar fuertemente. Los científicos han medido la fuerza de un mordisco de los cocodrilos a más de 1.5 toneladas. Eso es el mismo peso de un carro chico. La fuerza de una mordida en una persona es de 100 libras. Eso es el mismo peso que dos bicicletas.

	niño	cocodrilo Americano
boca / hocico cerrado	no dientes visibles	muchos dientes visibles
alineación de los dientes	coincidir los de arriba con los de abajo	alternación de dientes
dientes utilizados para	masticar	sujetar y razgar
fuerza del mordisco	50-100 lbs.	más de 3,000 lbs.
estructura del diente	sólido	hueco
número de dientes en un juego	32	68
juegos de dientes	2 (de bebé y de adulto)	ilimitado

Dr. Brady Barr

Yo he trabajado con los cocodrilos por más de 25 años y he capturado más de 5,000 de ellos, ¡pero yo todavía recuerdo la primera vez que ví uno en la vida salvaje!

Sucedió hace más de 30 años y tengo mucha suerte de estar aquí para contar la historia. Recién me había trasladado a Florida, y siendo un apasionado por los animales, especialmente los reptiles, me dirigí a los pantanos. En breve, me encontré con un arroyo que salía de los bosques y que fluía debajo de un camino. Yo empezaba a mirar hacia abajo cuando lo vi…mi primer lagarto salvaje. Estaba esperando algo grande y feroz, pero lo que encontré fue un bebé pequeño. ¡Me miró como si me estuviera sonriendo! Era únicamente tan grande como una barra de chocolate. Pensé que era hermoso con sus grandes ojos y sus rayas de color amarillo. Era difícil de creer que este pequeñín podía crecer hasta medir 14 pies de largo. Me miró y empezó a chillar…gua…gua…gua. Sonreí mientras me preguntaba que estaba tratando de decirme. Entonces, escuché un gran ruido, como un tren que va rápido. Me hice hacia atrás, no muy seguro que quería encontrarme con lo que se estaba moviendo a través de los arbustos. De repente, salió un lagarto enorme, caminando directo hacia mí. ¡Uyyyy! Ella me miró como si quisiera comerme. El bebé estaba emocionado y empezó a "hablar". Me di cuenta que el gran lagarto no quería comerme, ¡era simplemente la madre que venía por su bebé!

Justo enfrente de mí, la enorme madre levantó a su crío con sus poderosas quijadas y se alejó nadando una corta distancia. Soltó a su bebé de su hocico, y se fueron nadando dentro del pantano y desaparecieron.

Me quedé ahí parado con la boca abierta por un largo tiempo. Yo nunca había visto a los reptiles cuidar de sus críos. En ese instante, quedé enganchado. Yo sabía que quería trabajar con la familia de los crocodilios. Fui a obtener un PhD trabajando con los lagartos en las manglares y me convertí en un herpetólogo. Un herpetólogo es un científico que trabaja con los reptiles y los anfibios. Después de graduarme, me fui a trabajar para el National Geographic Society como su experto en crocodilios. Por los últimos 20 años, he viajado por todo el mundo investigando los crocodilios y aprendiendo tanto como puedo acerca de ellos para que yo pueda compartir la información con otros. Yo soy la única persona que ha capturado todas las 24 especies de crocodilios en la vida salvaje. De hecho, soy la única persona que ha visto cada especie en la vida salvaje. Muchas personas no han visto todos los crocodilios porque la mayoría son especies muy raras.

Conservación de los cocodrilos

Tristemente, cerca de un tercio de todos los cocodrilos están en problemas - en peligro de extinción o amenazados con estar en peligro de extinción. De hecho, ellos son algunos de los animales que están más en peligro de extinción. Algunas especies tienen únicamente unos cuantos individuos que quedan en la vida salvaje, como el cocodrilo Siamés, el gavial Malayo y el caimán Chino.

Una razón por la cual los cocodrilos están en problemas es porque los humanos piensan que está bien utilizar su piel para hacer zapatos, bolsas, y cinturones. ¡Las pieles de los cocodrilos les pertenecen a ellos y a nadie más!.

Otra razón por la cual algunos cocodrilos están en problemas es porque están perdiendo sus hábitats, los lugares donde ellos viven. En muchos lugares, los humanos están secando las zonas húmedas y los pantanos (lugares a los que los cocodrilos llaman hogar) para construír edificios. A nosotros los humanos nos gustan tener propiedades cerca de las playas, ríos, y lagos. Pero, cuando construímos estas áreas, ¿dónde vivirán los cocodrilos? Cuando construímos en los hábitats de los cocodrilos, nosotros podemos destruírlos y dejar a los cocodrilos sin hogar.

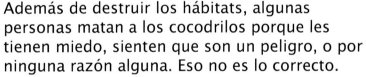

Además de destruir los hábitats, algunas personas matan a los cocodrilos porque les tienen miedo, sienten que son un peligro, o por ninguna razón alguna. Eso no es lo correcto.

Necesitamos hacerle saber a la gente que los cocodrilos necesitan ayuda o pueden estar en peligro de extinción. Han estado en el planeta por mucho, mucho tiempo - ¡más de 200 millones de años! Estuvieron nadando alrededor del tiempo de los dinosaurios. Dile a tu familia y amigos que estos animales tienen que ser mejor protegidos. No debemos destruir sus casas. Y, no deberíamos en lo absoluto estar llevando puesto sus pieles. Con tu ayuda, esperamos que los cocodrilos estarán aquí con nosotros por otros 200 millones de años más.

Con agradecimiento a Mario Aldecoa por sus fotografías en páginas 3, 6, 8, 9, y 10.
Con agradecimiento a John Brueggen, Director of the St. Augustine Alligator Farm Zoological Park por verificar la información de este libro.

Los datos de catalogación en información (CIP) están disponibles en la Biblioteca Nacional

9781628558340	portada dura en Inglés ISBN
9781628558357	portada suave en Inglés ISBN
9781628558364	portada suave en Español ISBN
9781628558371	libro digital descargable en Inglés ISBN
9781628558388	libro digital descargable en Español ISBN

Interactivo libro digital para leer en voz alta con función de selección de texto en Inglés (9781628558395) y Español (9781628558401) y audio (utilizando web y iPad/ tableta) ISBN

Título original en Inglés: *After A While Crocodile: Alexa's Diary*
Traducido por Rosalyna Toth en colaboración con Federico Kaiser.

Bibliografía:
"American Crocodile. Crocodylus Acutus." AccessScience (n.d.): n. pag. U.S. Fish and Wildlife Service: American Crocodile. U.S. Fish and Wildlife Service. Web.
Barr, Brady, and Kathleen Weidner Zoehfeld. Crocodile Encounters: And More True Stories of Adventures with Animals. N.p.: National Geographic Children's, 2012. Print.
Britton, Adam. "Crocodilian Biology Database - Integumentary Sense Organs." Crocodilian Biology Database - Integumentary Sense Organs. Crocodilian Biology Database, n.d. Web.
Chenot-Rose, Cherie, and A. Wil. "ACES / American Crocodile Education Sanctuary in Belize, Central America." By: Cherie Chenot-Rose, Biologist/Owner July 5, 2010 (2010): n. pag. American Crocodile Education Sanctuary. Crocodile Education Sanctuary. Web.
"Crocodilians: Natural History and Conservation - Crocodiles, Caimans, Alligators, Gharials." Crocodilians: Natural History and Conservation - Crocodiles, Caimans, Alligators, Gharials. University of Bristol and Florida Museum of Natural History, n.d. Web.
Leff, Alex. "Missing in Costa Rica: Female Crocodiles." Missing in Costa Rica: Female Crocodiles. GlobalPost, 21 Sept. 2010. Web.
Mauger, Laurie A., Elizabeth Velez, Michael Sebastino Cherkiss, Matthew L. Brien, Michael Boston, Frank J. Mazzotti, and James R. Spotila. "Population Assessment of the American Crocodile, Crocodylus Acutus (Crocodilia: Crocodylidae) on the Pacific Coast of Costa Rica." RBT Revista De Biología Tropical 60.4 (2012): n. pag. Population Assessment of the American Crocodile, Crocodylus Acutus (Crocodilia: Crocodylidae) on the Pacific Coast of Costa Rica. Universidad De Costa Rica. Web.

Elaborado en los EE.UU.
Este producto se ajusta al CPSIA 2008

Arbordale Publishing
Mt. Pleasant, SC 29464
www.ArbordalePublishing.com